BIBLIOTHÈQUE
CHRÉTIENNE ET MORALE

APPROUVÉE

PAR MONSEIGNEUR L'ÉVÊQUE DE LIMOGES,

—

3e SÉRIE.

—

Y²

PR OPRIÉTÉ.

AMÉLIE

OU

LA PETITE DÉSOBÉISSANTE.

AMÉLIE

ou

LA PETITE DÉSOBÉISSANTE.

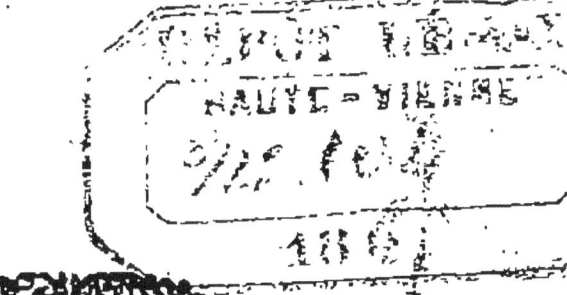

LIMOGES.

BARBOU FRÈRES, IMP.-LIBRAIRES.

1865

AMÉLIE

OÙ

LA PETITE DÉSOBÉISSANTE.

MADAME BLAMONT, AMELIE.

AMÉLIE.

Maman, voulez-vous me permettre d'aller trouver ce soir ma petite cousine Henriette ?

MADAME BLAMONT.

Non, je ne veux pas, Amélie.

AMÉLIE.

Et pourquoi donc ? maman !

MADAME BLAMONT.

Je n'ai pas besoin, je crois, de te dire mes raisons. Une petite fille doit toujours obéir à ses parents, sans se permettre de les questionner. Cependant, afin que tu sois persuadée que j'ai toujours un motif raisonnable lorsque je te prescris ou que je te défends quelque chose, je vais te le dire. la cousine Henriette n'a que de mauvais exemples à te donner, et je craindrais, si tu la voyais trop souvent, de te voir prendre sa légèreté et son indiscrétion.

AMÉLIE.

Mais, maman...

MADAME BLAMONT.

Point de réplique, je te prie; tu sais qu'il faut suivre exactement mes ordres.

Amélie se retira un peu à l'écart pour cacher les larmes qui coulaient de ses yeux; puis, sa mère étant sortie, elle alla s'asseoir dans un coin, et s'abandonna à sa tristesse.

Dans cet intervalle, Nanette, nouvellement au service de madame Blamont, entra dans sa chambre.

— Comment, mademoiselle Amélie, lui dit-elle, je crois que vous pleurez! Qu'avez-vous donc? Ne pourrais-je savoir ce qui vous afflige?

AMÉLIE.

Laissez-moi, Nanette ; vous ne pouvez rien pour me consoler.

NANETTE.

Et pourquoi ne le pourrais-je pas ? Mademoiselle Sophie, dont je servais les parents, venait toujours me chercher lorsqu'elle avait quelque peine. Ma chère Nanette, me disait-elle, tu vois ce qui m'arrive. Dis-moi ce que je dois faire. J'avais toujours un bon conseil à lui donner.

AMÉLIE.

Moi, je n'ai pas besoin de vos conseils. Je vous dis encore un coup que vous n'avez rien à faire pour moi.

NANETTE.

Accordez-moi au moins la permis-

sion d'aller chercher madame votre
mère : elle sera peut-être plus heureuse à vous consoler. Je n'aime pas
à voir une aussi jolie demoiselle que
vous dans le chagrin.

AMÉLIE.

Oui ! oui ! maman, maman.

NANETTE.

Je n'ose croire que ce soit-elle qui
vous ait affligée.

AMÉLIE.

Et qui serait-ce donc ?

NANETTE.

Je ne l'aurais jamais imaginé. Il
me semble que vous êtes assez raisonnable pour que votre maman n'ait
rien à vous refuser. Ah ! si j'avais
une fille aussi bien née que vous, je

voudrais la laisser se conduire elle-même ! Mais votre maman aime à commander ; et, pour un caprice, elle s'opposerait à vos désirs les plus innocents. Comment peut-on avoir un enfant si aimable, et se faire un jeu de le contrarier ? Je ne puis vous dire ce que je souffre de vous voir dans cet état.

AMÉLIE, *recommençant à pleurer.*

Ah ! je crois que j'en mourrai de chagrin.

NANETTE.

En vérité, je le crains aussi. Comme vos yeux sont rouges et enflés ! C'est être bien cruelle pour vous-même de ne pas vouloir que les personnes cherchent à vous donner quel-

que soulagement. Ah! si mademoiselle Sophie avait eu la moitié de vos
peines, elle n'aurait pas manqué de
m'ouvrir son cœur.

AMÉLIE.

Je n'oserais jamais vous dire les
miennes.

NANETTE.

Ce n'est pas que, par rapport à moi,
je me soucie beaucoup de les savoir...
Oh! c'est peut-être que votre maman
vous fait rester à la maison, tandis
qu'elle va à la foire.

AMÉLIE.

Non, elle m'a bien promis de ne
pas y aller sans moi.

NANETTE.

Mais qu'est-ce donc? votre tristesse semble augmenter. Voulez-vous que j'aille chercher votre petite cousine ? vous jouerez avec elle pour vous distraire

AMÉLIE , *en soupirant.*

Ah ! je n'aurai plus ce plaisir.

NANETTE.

Il est bien difficile de vous le procurer. Une jeune demoiselle doit avoir quelque société. Votre maman n'a pas envie de faire de vous une religieuse.

AMÉLIE.

Il m'est défendu de la voir.

NANETTE.

De la voir ? Je ne sais à quoi pense votre maman. Celle de mademoiselle Sophie faisait tout de même; elle ne voulait pas qu'elle eût la moindre liaison avec la petite Sorgey, mais comme nous savions bien l'attraper !

AMÉLIE.

Et comment donc ?

NANETTE.

Nous attendions le moment où elle allait rendre des visites ; alors mademoiselle Sophie allait trouver la petite Sorgey, ou la petite Sorgey venait la trouver.

AMÉLIE.

Et sa maman ne s'en apercevait pas ?

NANETTE.

C'était moi qui était chargée d'y veiller.

AMÉLIE.

Mais si j'allais chez ma petite cousine, et que maman vînt demander où est Amélie ?

NANETTE.

Je lui dirais que vous êtes toute seule au bout du jardin, et tout de suite je courrais vous chercher ; ou bien, s'il était un peu tard, je lui dirais que vous dormez d'un bon sommeil.

AMÉLIE.

Ah ! si je croyais que maman n'en sût rien...

NANETTE.

Fiez-vous-en à moi ; elle ne s'en doutera jamais. Voulez-vous m'en croire ? Allez passer la soirée chez votre cousine; ne vous inquiétez pas du reste.

AMÉLIE.

J'aurais envie d'essayer une fois ; mais vous m'assurez au moins que maman...

NANETTE.

Allez, n'ayez pas peur.

Amélie alla effectivement trouver sa petite cousine. Sa maman rentra quelque temps après, et demanda où elle était. Nanette répondit qu'elle avait soupé de bon appétit, et qu'elle s'était ennuyée d'être seule, qu'elle était allé se coucher. Amélie trompa plusieurs fois de cette manière sa crédule maman. Ah! c'est bien plutôt elle qu'elle trompait ainsi. Aupa-

Amélie.   2

ravant, elle était toujours gaie, elle avait du plaisir à rester auprès de sa mère, et elle courait avec joie à sa rencontre lorsqu'elle en avait été séparée un moment. Qu'était devenue sa gaité? Elle se disait sans cesse : Mon Dieu! si maman savait où je suis allé! Elle tremblait lorsqu'elle entendait sa voix. Si elle lui voyait un peu de tristesse. « Je suis perdue, s'écriait-elle; maman a découvert que je lui ai désobéi. »

Ce n'était pas encore là tout son malheur, l'artificieuse Nanette lui disait souvent combien mademoiselle Sophie avait été généreuse envers elle; combien de fois elle lui avait donné du sucre et du café; avec quelle confiance elle lui abandonnait les clefs de la cave et du buffet. Amélie se piqua de mériter de la part de Nanette les mêmes éloges de confiance et de générosité : elle dérobait à sa maman du sucre et du café pour Nanette, et trouva le moyen de lui procurer les clefs de la cave et du buffet.

Quelquefois cependant elle entendait les reproches de sa conscience. Je fais mal, disait-elle, et mes tromperies seront tôt ou tard découvertes : je perdrai l'amitié de maman. Elle allait trouver Nanette, et lui protestait qu'elle ne lui donnerait plus rien. — Vous en êtes bien la maîtresse, mademoiselle, lui répondit Nanette ;

mais prenez-y garde, vous aurez peut-être sujet de vous en repentir. Laissez revenir votre maman : je lui dirai avec quelle obéissance vous avez suivi ses ordres.

Amélie pleurait, et puis elle faisait tout ce qui plaisait à Nanette de lui commander. Auparavant c'était Nanette qui obéissait à Amélie, c'était aujourd'hui Amélie qui obéissait à Nanette. Elle en essuyait toutes sortes de malhonnêtetés, et elle n'avait personne à qui elle pût s'en plaindre.

Cette méchante fille vint un jour lui dire : Il faut que vous sachiez que j'ai envie de goûter du pâté qu'on a serré hier dans le buffet. Outre cela, il me faut une bouteille de vin ; c'est à vous d'aller chercher les clefs dans le tiroir de votre maman.

AMÉLIE.

Mais, ma chère Nanette...

NANETTE.

Il est bien question de ma chère Nanette : songez plutôt à ce que je vous demande.

AMÉLIE.

Mais maman nous verra, et si elle ne nous voit pas, Dieu nous voit, et il nous punira.

NANETTE.

Et ne nous a-t-il pas vu toutes les fois que vous êtes allé chez votre cousine? Je ne me suis cependant pas aperçue qu'il vous ait punie.

Amélie avait reçu de sa mère de

bons principes de religion. Elle était fortement persuadé que Dieu a toujours l'œil ouvert sur nous, qu'il récompense nos bonnes actions, et qu'il ne nous interdit le mal que parce qu'il nous est préjudiciable. C'était par pure légèreté qu'elle était allé chez sa cousine malgré les défenses de sa maman. Mais il arrive toujours, lorsqu'on s'est laissé aller à une faute, de donner tout de suite dans une autre. Elle se voyait alors dans la nécessité de faire tout le mal que sa servante lui ordonnait, dans la crainte d'en être trahie. On se figure aisément combien elle avait à souffrir de sa part.

Elle se retira un jour de sa chambre pour avoir le plaisir de pleurer tout à son aise. « Mon Dieu, s'écria-t-elle, en sanglotant, combien on est à plaindre lorsqu'on t'a désobéi ! Malheureux enfant que je suis ! me voilà esclave de ma servante ! Je ne peux plus faire ce que tu me demandes, et je suis forcée de faire ce qu'une méchante fille ordonne de moi. Il faut que je sois une menteuse, une voleuse, une hypocrite. Prends pitié de moi, grand Dieu ! et délivre-moi. »

Elle cacha dans ses deux mains son visage inondé de larmes, et elle se mit à réfléchir sur le parti qu'elle avait à prendre. Enfin elle se leva tout-à-coup en s'écriant : « Oui, j'y suis résolue ; et quand maman devrait me chasser un mois entier d'auprès d'elle ; quand elle devrait... Mais non, elle se laissera enfin attendrir , elle m'appellera encore sa chère Amé lie. J'ai confiance en sa bonté ; mais comme il va m'en coûter ! Comment soutenir ses regards et ses reproches? N'importe , je vais tout lui avouer. »

Elle s'élance aussitôt hors de sa chambre, et, apercevant sa mère qui se promenait toute seule dans le jar· din, elle vole vers elle, et se jette dans ses bras, l'embrasse étroitement , et couvre de larmes ses joues et son sein. La confusion et le trouble l'empê- chèrent de parler.

MADAME BLAMONT.

Qu'as-tu donc, ma chère Amélie?

AMÉLIE.

Ah ! maman...

MADAME BLAMONT.

Que veulent dire ces larmes ?

AMÉLIE.

Ma chère maman !

MADAME BLAMONT.

Parle-moi donc, ma fille; d'où te vient cette agitation?

AMÉLIE.

Ah ! si je croyais que vous puissiez me pardonner !

MADAME BLAMONT.

Je te pardonne, puisque ton repentir est si vif et si sincère.

AMÉLIE.

Ma chère maman, j'ai été une fille désobéissante. Je suis allé plusieurs fois, malgré vos défenses, chez ma cousine Henriette.

MADAME BLAMONT.

Est-il possible, mon Amélie! toi qui craignais tant autrefois de me déplaire.

AMÉLIE.

Ah! je ne suis plus votre Amélie! si vous saviez tout.

MADAME BLAMONT.

Tu m'inquiètes; achève ta confidence : il faut que tu aies été trompée. Tu ne m'avais pas donné jusqu'à présent de mécontentement.

AMÉLIE.

Oui, maman, j'ai été trompée. C'est Nanette, Nanette....

MADAME BLAMONT.

C'est elle ?

AMÉLIE.

Oui, maman, et pour qu'elle ne vous en dît rien, je vous ai souvent dérobé les clefs de la cave et du buffet. Je vous ai volé pour elle je ne sais combien de sucre et de café.

MADAME BLAMONT.

Malheureuse mère que je suis ! c'est de la part de ma fille que j'ai essuyé ces horreurs ! Laissez-moi, indigne enfant; j'ai besoin de consulter votre père pour concerter avec lui sur la conduite que nous devons tenir envers vous.

AMÉLIE.

Non, maman, je ne veux pas vous

quitter; il faut d'abord me punir; mais promettez-moi de me rendre un jour votre amitié ?

MADAME BLAMONT.

Ah ! malheureuse enfant, tu seras assez punie !

Madame Blamont s'éloigna à ces mots; elle laissa Amélie toute désolée sur un banc de gazon. Elle alla trouver M. Blamont ; et ils cherchèrent ensemble les moyens de sauver leur enfant de sa perte.

On fit bientôt après appeler Nanette. Après l'avoir accablée des plus sévères reproches, M. Blamont lui ordonna de sortir sur-le-champ de sa maison. Elle eut beau pleurer, prier pour qu'on la traitât avec moins de rigueur, elle eut beau promettre qu'il ne lui arriverait plus rien de semblable à l'avenir, M. Blamont fut inexorable.

Ce fut ensuite le tour d'Amélie.

— Vous avez, lui dit son père d'une voix sévère, vous avez trompé, vous avez offensé vos parents. Qui vous a portée à croire une fille scélérate plutôt que votre mère, qui vous aime si tendrement, et qui ne désire rien tant au monde que de vous rendre heureuse? Si je vous punissais avec l'indignation que vous m'inspirez, si je vous chassais pour jamais de ma vue, ainsi que la complice de vos fautes, qui pourrait m'accuser d'injustice?

AMÉLIE.

Ah ! mon papa ! vous ne pouvez jamais être injuste envers moi. Punissez-moi avec toute la rigueur que vous jugerez nécessaire, je supporterai tout, mais commencez par me prendre encore dans vos bras ; nommez-moi encore votre Amélie.

M. BLAMONT.

Je ne saurais si tôt vous embrasser. Je veux bien ne pas vous châtier en faveur de l'aveu que vous avez fait de vous-même ; mais je ne vous nommerai mon Amélie que lorsque vous l'aurai mérité par un long repentir. Faites bien attention à votre conduite. Les punitions suivent toujours les fautes, et c'est vous-même qui vous serez punie.

Amélie suivit régulièrement les sages conseils de sa mère. Plus elle eut à souffrir encore des suites de son imprudence, plus elle devint réservée et attentive sur elle-même. Elle profita si bien de cette disgrâce que, par la sagesse de sa conduite, elle s'acquit le nom glorieux de l'irréprochable Amélie.

LIMOGES,—IMPRIMERIE DE BARBOU FRÈRES,